국립극단 희곡선 2

뼈의 기행 | 백하룡

수원백氏 북만노정기北滿路程記

대본 관련 안내사항

본 출판본은 개막 이전 연습 기간 중 작가가 출판용으로 정리한 것으로, 실제 공연과 일부 다를 수 있습니다.

작품 정보

<뼈의 기행>은 국립극단 제작으로 2019년 5월 31일 백성희장민호극장(서울)에서 초연되었다. 초연 출연배우 및 창작진은 다음과 같다.

준길	박상종
학종	이준영
순영	성여진
영욱	강해진
심가	이수미
황가	이호철
사내	조남융
아낙	김수아
중국인 외	남수현
소년	윤서진
소녀	최지우

연출	최진아
무대	손호성
조명	김성구
의상	김미나
움직임	이경은
음악·음향	이승호
영상	윤민철
분장	장경숙
소품	김교은
방언지도	백경윤 송재룡
무대감독	문원섭
조연출	이하미
제작진행	장지은

작가의 말

아주 오래 시간이 지나 —
모든 것이 허물어지고 마지막 원자의 구속마저 풀릴 때 우주는 그저
유백으로 균질할 것이다.
그 창백한 끝에 다만 불쑥 어떤 서러움만이 잠시 떠올랐다 유영하듯
사라질 것이다.

등장인물

준길　백준길

학종　백준길의 아들

순영　백준길의 여동생

영욱　백준길의 조카, 순영의 딸

사내　백준길의 아버지

아낙　백준길의 어머니

소년　기억 속의 준길

소녀　기억 속의 순영

심가　조선족 보따리상

황가　조선족 브로커

마을주민/장정들/아낙들/중국인 등은 多役을 한다.

1장

여객선터미널이 있는 타국의 부두.

준길, 커다란 짐가방을 지키며 쪼그려 앉아 있다.
무료한지 수첩에 간단한 메모.

준길 단기 사천삼백삼십이년, 서기… 이천공사년 십일월 칠일 중공 따렌, 수하물 발송 문제로 인하야…… 복귀 예정 삼일 초과. 날씨 맑음. (살짝 미심쩍어 슬쩍 하늘을) ……흐림.

문득 비가 내린다.

준길 비…… (다시 고쳐 적는다) 아차차차!

자신의 점퍼를 벗어 가방을 덮는다.
자신이 젖는 것보다 가방에 더 신경이 쓰이는 눈치다.
누군가를 기다리는 듯 가끔 어딘가를.

중국인 등장, 중국말로.

중국인 노인장 비 맞고 뭐하는 거야. 길이라도 잃었어.

준길 나? 나 한국사람. 중국사람 아니고 한국. 강고꾸, 아 이건 왜놈 꺼고. 나, 한국. 한궈어 - 한, 궈, 어!

중국인 내가 도와줄게. 저 짐 가방은 뭐야. 달달한 거라도 들었나 본데?

준길 뭐라 카노. 나 한, 국, 사, 람. 조선. 조선인. (박수까지 치며) 대 - 한민국! 재작년, 월드컵, 4강. 한국! 당신하고 할 얘기 없어. 어? (중국인 짐가방에 손을 댄다.) 노! 타치, 노. 노 타치. 가, 가라고. 훠어이 - 썩, 꺼져.

준길의 격렬한 반응에 중국인 물러난다.
중국인, 모택동이라도 되는 양
하늘과 땅을 거만하게 손가락질하며.

중국인 이 하늘이 니 하늘이 아니고, 이 땅이 니 땅이 아니니 당장 니 땅으로 꺼져. 퉤, 재수 없는 가오리 빵즈!

준길 …… 저 개새끼가 저건 필시 욕 같은데? 이 시퍼렇게 어린 자석이 누군 욕을 할 줄, 이 호로……, (중국인 퇴장) ……갔네.

공안에 붙들려 간 건 아니겠지.

에이, 설마……여 순사들은 한국 같지 않다더구마.

다시 쪼그려 비를 맞는다.

차츰 어둑해지며 쾌쾌해지는 이국異國의 풍경.

2장

학종 뭐합니까.

우산을 쓴 학종, 준길을 내려다보고 있다.

준길 (반기며) 왔더나.

학종 뭐하시냐고요.

준길 무순 말이고? 뭐하다이…….

학종 비 내린다 아닙니까.

준길 그래 뭐 비 처내리네. 그칸데?

학종 살갗에 촉각 같은 거 없어요?
척척함이라던지, 차갑다던지, 찝찝하다던지……
왜 피부가 느끼는 각종 불쾌한 감정요.

준길 말마다 짜증이고, 여서 꼼짝 말고 기다리라매.

학종　자자, 저어기 쭈욱 늘어선 거 뭡니까. 예, 파라솔이네요. 조기 앞에 저건요. 예, 유독 처마가 돋보이는 가게네요. 차암, 왜 이렇게 궁상이실까요. 남의 나라까지 와서.

준길　나 혼자 들 수가 있어야지.

학종　이걸 왜 들어요, 바퀴 있는데.

준길　빠가 났다.

학종　예? (살펴본다) 에이 씨 진짜네. 그러니까 이런 싸구려 사는 게 아니라고…….

준길　미쳤다고 비싼 걸 사. 다시 끌 일 없다.
니 놈이 효도여행을 보내주겠냐, 뭐가 있겠냐.

학종　(바퀴를 고쳐본다) 그럼 목청이니 석청이니 주는 대로 다 받지를 말던지. 딱 봐도 가짜구만.

준길　니 고모가 준 거야. 우리한테 가짜를 줘!

학종　거기야 가짜 아니라고 샀을 수도 있겠죠. 그런데 가짭니다. 설탕 백 프로! 중국 벌꿀은 다 짜가랍니다.

준길　여긴 석청, 목청 산에 나무 하다가도.

학종　9시 뉴스에도 나왔거든요. 당뇨 걸리고 제 원망은 없깁니다.
이 나이에 당뇨가 뭐가 겁나. 에이즈도 겁 안나.

학종　어련하시겠어요.

짧은 사이.

준길　오늘도 잘 안 됐제?

학종　……

준길　너도 환장하겠지. 저건 못 가져간다는데 말이 통해 아는 사람이 있어. 그래도 너무 실망 말자. 잘 알아보면 필시 수가…….

학종 아버지.

준길 응? 뭐, 말해. 괜찮다.

학종 아닙니다.

습관적으로 담배를 찾아 물려다 눈이 마주친다.

준길 펴. 나이가 몇인데.
기억 나냐. 니 고등학교 올라가자마자 맞담배 해도 되겠냐고 했었다. 왜, 이 애비한테. 안 나?

학종 기억나요. 처맞았잖아요.

준길 …… 요는 니가 참 호기 있는 놈이었다는 거다.
펴. 나는 정말 상관없다.

학종 됐어요.

준길 어이없어 할 때는 척척 잘만 피더니 펴도 된다니까 안 피네.
아마 나는 한평생 니 놈 속을 못 맞추고 죽을란갑다.

학종 아버지.

준길 ……

학종 화장합시다.

준길 안 된다.

학종 왜 안 됩니까. 그 방법밖에 없다잖아요.
십 년만 더 지나 봐요. 다 화장이지.

준길 니 할부지 할무이다.
불에 싸질러?
아이고야, 내가 다 뜨겁네.

학종 솔직히 뼈 아닙니까.
아버지, 시대가…… 그러니까 아버지 요새 추세가요, 다 화장입니다.

정치인, 대기업 회장…….

준길 대기업 회장 누구? 정주영이가 이병철이가?

풍수 데려다 좌청룡 우백호 봤단 소린 들었어도 화장했단 소린 금시초문이네.

학종 우리가 무슨 조상 음덕 볼 일 있다고 이럽니까!

준길 나는 유골로 가져갈끼다. 그 계획으로 온 기고.

학종 안된다잖아요. 여기 사정이 안 된다고요.

어떻게 아버진 옛날이나 지금이나 변한 게 없어요.

준길 세상에 방도가 없어! 다 있다.

학종 하아 참!

좋습니다, 어떻게 가져갈 건데요.

준길 ……

학종 아버지 여기 보세요. 요 보도블럭 사이에 민들레요.

준길 그거 민들레 아니다, 제비꽃이지.

학종 네, 요 쪼매난 풀 새끼 한 포기요. 요고 하나 그냥 몰래 주머니나 빤스 속에, 요렇게 살포시 가져가면 될 것 같죠. 천만에요. 동물, 식물, 곤충, 개미새끼 파리새끼 하루살이 한 마리 안 됩니다. 그런데 저게 된다고요. 어이구, 절대. 노. 네버!

준길, 짐가방을 끽끽거리며 끌고 간다.

잡는다.

학종 어데 갑니까?

준길 여관. 그래 중국말로 객잔.

오늘은 늦었으니 자고 낼 알아봐야지.

학종 아버지이!

준길 왜 아들아아!

학종 저 속 터져 죽어 뿌라고 여기 데리고 온 거죠.

저도 일 있어요. 서울에 일.

준길 니가 무슨 일이 있어. 직장도 짤린 놈이.

학종 그렇다고 일이 없어요! 직장은 없어도 일은 있어요. 뭐라도 했으니까 안 굶고 살았지. 그리고 저 힘들다고 뭐 해 준거나 개뿔 있어요. 제사니 이번처럼 이장이니 맨 귀찮은 일만 나 찾았지.

준길 너 우리 집 장손이야.

학종 그게 뭔데요? 장가가기만 힘들었어요.

준길 아주 니놈 이혼한 것도 그 탓 할 작정이구마.

학종 그 이야기는 또 왜 나옵니까.

준길 며느리라고 어딜 그런 걸 들여 가지고……

온 집안을 쑥대밭을 만들고, 남편 힘들다니까 냉큼 이혼이나 하고.

학종 아주 레파토리네, 레파토리.

준길 니 여동생들 돈까지 몇 천 해먹었다매? 막내는 횟집 서빙인가 하며 겨우겨우 모은 돈이랜다, 전재산이야, 그거.

학종 헤어졌잖아요. 그만하세요.

준길 니 놈이 더 나빠. 이혼 도장을 찍어 주더래도 돈은 갚게 하고.

학종 에헤이 듣기 싫다니까요. 그만 하세요, 그 사람 이야기.

준길 헤어져놓고 연락은 또 왜 해. 못 들었을 줄 알아. 뭐가 아쉬워서 밤마다, 에허 사내새끼가 자존심도 없는지

학종 아이고 씨발 내가 이 꼬라지나 당할라고 여기까지 와서…….

준길 니 방금 욕했더나.

학종 저한테 혼잣말……

예 욕했어요, 욕. 씨발 팔자에도 없는 중국까지 와가지고 이게

뭐하는 짓입니까, 진짜 씨발.

준길, 뺨을 한 대 갈긴다.

준길 가라. 고마 가.
이게 그래 성질 낼 일이냐. 니 할아버지 이장하는 일이다.

학종 하이고 참…….

준길 일도 많다매. 가!

학종 갑니까, 진짜.

준길 그래 가. 동안 고생했네. 나는 한 달이 됐건 일 년이 됐건 이거 가져갈 수 있을 때 갈게.

학종 예, 갑니다.

준길 그래, 가. 여기서 배만 타면 되는데 나도 괜찮아. 가.

학종 고생하십시오.

학종 성큼성큼 걸어 나간다.

준길 학종아!

학종 ……

준길 내가 잠깐 생각이 짧았는갑다. (짐가방을 가리키며) 이거 좀 여관까지 들어 다오. 싫나. 걱정 마라, 인건비는 줄거구마. 왜 니 돈 참 좋아한다, 아니가.

학종, 다시 돌아와 짐가방을 번쩍 집어 든다.
바다에 집어던지려.

준길 저 눔으 새끼가. 놔라, 이 후레자식 같은 놈아!

준길, 싸우다시피 말린다.
아들과 아비가 타국의 부둣가에서 투견처럼 싸운다.

멀찍이 기웃거리던 보따리상이 아는 체를 하며.

심가 아이고, 이 사람들이 누구라?
일전에 기차 안에서 그 어르신 아닙니까.
준길 심가?
심가 눼눼 심가심가, 룡정댁.
준길 다시 봅니다. 참, 일단 이놈 좀…….
심가 어허, 남조선은 애비도 없는가. 놔라, 어허, 손.

심가의 합세로 겨우 상황이 수습된다.
학종, 씩씩대며 노려보다 뛰듯이 사라진다.

심가 아드님이 성이 많이 났습니다.
준길 저 눔으 시끼, 저 놈이 정말 천하의 잡놈입니다.
심가 에헤이 자식보고 또…… 고저 영감님도 고정하십시오. (잠시)
호호호.
준길 (뜨악하게 바라본다.)
심가 죄송합네다. 제가 이래 보여도 남조선 드라마 애청자 아니겠습니까. 콩가루 집안을 직접 보니 감회가 새로워서 저도 모르게 그만, 호호호.
준길 음…….

심가 다시 한 번 죄송합니다. 아, 여기 물 한 모금…….

준길 고맙구려.

심가 참 영감님도 짱짱하십네다. 아까 짐가방 잡아 댕길 때는 림꺽정이는 댈 일도 아니겠더란 말입니다, 호호호. 그나저나 저 가방엔 뭐 금덩어리라도 들었습네까?

준길 아무것도 아닙니다. 또 보게 될 줄은 상상도 못했구마…….

심가 제 말이요. 인연이 될라나 이럽니다. 보자, 한 일주일 됐나…….

준길 정확히 십일 됐습니다. 아무튼 고맙습니다.

심가 에에이 말 놓으시래도. 그래 누이동생은 잘 만났습니까. 영감님 엄청 설레하지 않았습네까.

준길은 숨을 고르며 바다를 본다.
비 개인 하늘로 슬며시 붉은 낙조가 비집고 나온다.
그렇게 붉게 젖다가 차츰 어두워진다.

기차 소리.

3장

「대련—하얼빈행 기차에 탑승하다. 10일 前.」

소리 문득 기차 안이 수란스럽지 않간. 뭔가 싶어 나도 일어나 내다봤지. 아이고, 때깔도 그런 때깔.

점차, 밝아진다.

준길 파아란 바다로 새하얀 모래사장이 한도 끝도 없어. 또 그 꽃은 얼마나 새빨간지. 명사십리, 그 꽃 해당화고…… 그저 꿈만 같지.

준길은 정말 꿈속에 있는 듯하다.

심가 캬아—!

준길 ……

심가 아고고! 엿들을라고 한 건 아닙네다.

준길 한국 사람이오.

심가 조선족입네다.

준길 아이고, 동포를 이런 데서 만납니다.

준길, 옆자리를 둘러본다.

심가 아드님 찾으십니까? 담배 피러 가는지 조오기로 나가던데.

준길 듣기 싫어 나간 모양입니다.

심가 저는 아주 흥미진진했습네다. 그래서 해방되고 만주에서 철길 따라 남조선으로 내려 가셨나봅네다.

준길 정말 다 들었나보오.

심가 무료하게 창밖만 보기도 뭐하고, 헤헤.

준길 예, 만주에서 청진 가서 바닷길 따라 원산 찍고 다시 경성으로 갔지요.

심가 그리고 경상도까지? 어렵게도 갔습니다.

준길 지금보다야 안 낫습니까. 배 타다 기차 타다… 인연인데 서로 본이라도 압시다. 저는 수원 백가입니다.

심가 저는 심가인데 어디 심가인지는, 호호호 그냥 룡정댁 하십시오.
룡정은 만주이민 1세대나 마찬가집니다. 그래 중국은 어쩐 일입니까.

준길, 주소가 적힌 편지를 꺼내 보여준다.

심가 흑룡강성 목릉현 팔면통 진화평촌…… 보자, 여기가 목단강 근처 같기도 하고.

준길 강? 기억이 있어요, 물소리며 물안개며.

심가 그래요? 그래 누가 남아 있습니까.

준길 누이동생이 한 명 있어요.
남들은 한중수교 되자마자 가고도 했다던데
저는 여력이 안 돼 고마 이래 늦었습니다.

심가 에헤이 그냥 남조선으로 초청하면 편할걸…….

준길 일이 좀 있습니다.
그런데 안면이, 아까 인천서 오는 배…….

심가 이것저것 떼다 파는 보따리상 안 합니까. 오늘처럼 하얼빈 갈 적에는 인천서 다롄으로도 오고, 어떤 때는 옌타이로도 가고.

준길 보따리상. 뭐 가져다 팝니까.

심가 옷가지 화장품 이것저것 가져오고 웅담이나 우황청심환 이런 거 가져가고 합니다.

준길 이문이 쏠쏠하다던데.

심가 에헤이 90년대 초 같은 소리 하시네. 2004년 아닙니까.
십 년 만에 우리 물건 영 쳐다도 안봅네다, 남한 사람들, 게다가 세관에 공안에…… 에이.

준길 이것 좀 드셔 보실라우.

준길 가방에서 인삼젤리 한 줌을 꺼내 건넨다.

준길 인삼으로 만든 거랍디다. 중국서 고려인삼 유명 안합니까.

심가 (성분표를 유심히 본다.) 에계 그냥 인삼향 첨가 아닙네까. 이거만 봐도 마데 인 차이나 어쩌고저쩌고 참 가소롭단 말입니다. 우리 중국엔 진짜 인삼액즙 백 프로 젤리도 있습네다. (말과 달리 냉큼 하나 까서 야물게 먹으며.)

준길 그런 게 있습니까.

심가 있다 뿐입니까. 장백산 가면 산삼도 무 캐듯 캡니다. (젤리 때문에 우물거리며) 우리 중국의 일개 성도 안 되는 나라가 기껏 좀 산다고

준길 …… 뭐라고요.

심가 호호호. 죄송합니다, 이빨에 쩍쩍 달라붙는 바람에…… 그냥 우리 재중동포들이 남한에 대한 인식이 그렇게 호의적이지 않다 뭐 이런 말입니다. 참, 우리가 남조선을 인식하게 된 계기가 언젠지 아십니까?
그 계기가 88올림픽 아니었겠습니까.

준길 제가 그때 인편으로 누이동생에게 편지를 받았어요.

심가 네 인편으로 편지도 가져다주고, 92년에 한중 수교되면서 남조선의 잘 사는 우리 형제들과 더불어 부자가 되어보자 결심도 했습니다. 웬걸 남한이 그렇지 않더란 말입니다. 대놓고 내려다보고 깔아 보고. 결정적으로 동북 3성으로 밀려 온 남한 사기꾼들이 초청장 사기를 수십억 위안이나 해처먹었단 말입니다. 아, 그때 깨우쳤지요. 자본주의란 형제자매 혈육도 우습구나.

준길 ……

심가 지금 우리더러 조국이 어디냐고 물으신다면 단연코 중국입니다. 잘 사는 나라는 동포고 교포고 우리는 조선족, 우

리도 일없습니다.

학종, 들어온다. 심가를 조금 경계하며.

학종 한국말 하시네.

심가 아이고, 저는 화장실 좀…… 담소 나누세요들.

심가, 잠시 퇴장한다.

학종 조선족요?

준길 보따리상 한다 카더라.

학종 모르는 사람하고 말 섞지 마라 그랬잖아요. 여기가 어디라고.

준길 같은 민족인데 어때서.

학종 조선족이 무슨 같은 민족이에요! 우리 아버지 진짜 큰일 날 사람이네.
절마들은 자기들이 중국인이라고 생각한대요.

준길 그건 방금 들었다.

학종 저 아줌마가 그랬어요? 아주 대놓고 척을 지네. 아버지 한족보다 못한 게 조선족이랍니다. 진짜요, 중국 다녀온 사람들이 다 그랬어요. 사기꾼 천지에…….

준길 우리가 만나러 가는 사람도 조선족이다.

학종 에이, 거기는 아버지 동생이고…….

준길 ……

학종 아무튼 또 오면 말 섞지 마요. 지갑, 여권 조심하고요.
그냥 조선족도 위험한데 보따리상이면 얼마나 더 위험하

겠어요.

으휴, 위험해. 생각할수록 더 위험하네.

준길 자려고?

학종 그럼 뭐합니까, 도착 한참인데.

준길 내 이야기 들으면 되지. 곧 니 고모도 만나는데.

학종 가서 들을게요. 고모 만나면 또 옛날이야기 할 거 아닙니까.

준길 …… 입 심심하지. (인삼젤리를 내민다.)

학종 제가 앱니까. …… 그리고 그거 이에 쩍쩍 달라붙어서.

준길 너는 이도 좋은 놈이, 하나만 먹어.

학종 …… 딱 하나만 먹습니다.

준길 생각보다 먹을 만하지.

학종 아버지.

준길 응?

학종 그런데 거기 꼭 묘를 써야 해요? 집 근처면 더 좋잖아요.

준길 또 그 소리…… 선산 아니냐.

학종 그냥 갑자기 찾은 땅이지 확실하게 선산인진 모르죠.

집에서 멀기도 하고, 벌초도 그렇고…….

준길 거기 니 할아버지 고향이고 그 산 선산 맞다.

학종 묘 쓸 땅이야 어디 없을라고, 쨌지.

그냥 거긴 팔고 가까운 데 밭이나 하나 사서….

준길 니 할아버지 할머니 고향 억수로 오고 싶어 했다. 죽어서라도 모셔야지. 참, 거기 명당이라더라.

학종 아버지 요새 명당은 도로 옆입니다.

준길 도로면 거기도 큰 도로 나 있고.

학종 …… 예, 뭐 그럽시다.

학종, 상의를 얼굴에 덮는다.
다시 내리고 창밖을 본다.

준길 잠 안 오지. ……그래 혼자 내려오자니 얼마나 무서워.

학종 예전부터 아버지 술 자시면 충분히 하셨습니다.

준길 이번은 다르지.

학종 뭐가 달라요.

준길 맨 정신으로 하니 다르지.

학종 에이……

준길 내 아버지, 그러니까 니 할아버지랑 함께 못 내려왔는지. 내려와 내가 머슴 살며…….

학종 그것도 다 하신 이야깁니다. 요새 깜빡깜빡하시더니 그 놈의 옛날 기억은 어째 선명해요? 신기하네.

준길 하지만 너라도 안 들어주면 또 누가 있겠니. 예전처럼 술 먹고 듬성듬성 아니고 오늘 내 찬찬히…… 해방되고 마악 가을걷이가 끝난 직후였다.

학종 에헤이, 저는 잡니다. 자요.

준길 아버지가 약속을 한 날이거든. 추수만 끝나면 내려간다. 조선으로 내려간다. 그래 하얼빈역까지 갔지…….

학종, 얼굴에 상의를 덮는다. 이어폰을 귀에 끼운다.
준길, 말을 끊고 가만히 어두워진 창밖을 본다.

문득.
창밖에서 소년 한 명이 준길에게 손을 흔든다.

준길 저 아이가 누구야.

기차가 달려도 소년은 꼭 그 자리에 그만큼 따라와 손을 흔들고 있다.

준길 저 아이가 누구야. 학종아, 학종아.

학종 왜요, 무슨 일 있어요?

준길 저 창밖에, 저 아이.

학종 누구요?

준길 안 보여. 왜, 저 아이…….

학종 아버지 요새 가끔…… 한국 가면 큰 병원이라도 같이 가요. 왜 저번에 보건소서 섬망증인지 뭔지 그러지 않았어요.

잠시, 학종은 다시 잠을 청한다.
준길, 어두운 창밖을 마치 심연을 들여다보듯.
차창 밖으로 낡은 필름처럼 일단의 사람들이 들어선다.

봇짐을 메고, 솥을 이고, 보따리를 안고, 포대기에 아이를 안고, 그런 사람들의 무리가.

기적 소리는 자꾸만 울리고

누군가를 기다리며 초조한 사람들.
장신의 사내가 아이를 업고 들어온다.

준길 아부지……!

아낙, 바삐 아이를 건네받아 살펴본다.

아낙 의원은 만나봤습니까.

사내 ……

아낙 못 만나봤습니까.

사내 ……

아낙 꿀이라도 드셨습니까. 말을 하십시오.

주민 형님……

소년 아픈가, 순영아?

소녀 (끄덕이며) 몸이 뜨거워.

사내 (장정을 바라보며) 장질부사 같다 카더라.

아내 장질부사요. 어쩐지 아가 불덩이더니.

사내 ……

주민 우리 여섯 집 형님 믿고 만주 왔습니다.

주민 갈지 말지는 형님이 결정하십시오.

사내 …… 가자.

소녀 엄마 나 아파, 살갗이, 살갗이 엄마.

일동, 짐을 메고 일어선다.

아낙 누가 들으면 한 시오릿길이나 되는 줄 알겠네. 몇 천리요!
그 먼 길을 어떻게 견딘단 말입니까.

사내 국민당, 공산당에 조석으로 다르지 않은가.

아낙 해방 직후에도 그랬습니다.
바로 못 내려가면 큰일 날 줄 알았지만
곧 여물 곡식을 못 버려 추수까지 기다렸고 무탈하지 않았소.

사내 안사람이 말이 이리 자심할까.

아낙 ……

주민 한두 달 더 늦는다고 크게 달라지기야 하겠습니까.

사내 아니, 아닐세. 아무래도 수상하이. 소문으로 조선반도는 더 수상하이. 미국에 소련에, 가야 하네.

아낙 얼마라도 구완은 해봐야 부모의 도리가 아니겠소.

사내 영 못 가면 자네가 책임질란가. 이 여섯 식구 원망을 감당할란가.

아낙 ……

사내 가자.

소녀 오마니 나 몸이 뜨겁소. 우짜오, 오매 나 몸이 숯불마냥 하오.

아이가 자신의 팔뚝의 발진을 확인하고 아낙에게 보인다.
아낙, 아이의 상의를 열어 온몸의 발진을 확인하다.
꽃처럼 붉게 발진이 올라 있다.

아이가 자신의 발진이 무서워 큰소리로 운다.

아낙 아이고, 이년아 왜 처울어. 아픈 게 뭐 잘한 짓이라고 처우냐.
그냥 죽어라. 차라리 죽지 아프고 지랄이냐.
이년아, 이 나쁜 년아. 이 식구 잡아먹을 년아.

사내, 들으라는 듯 아낙의 악다구니가 날카롭다.
그럼에도 사내가 미동을 하지 않자 가련하게 호소한다.

아낙 아이고, 가다 죽겠네. 기차간에서 필시 객사하겠단 말이오.
한 달이라도 구완을 하십시다. 보름만이라도 애를
써봅시다.
추수 기다린 몇 달도 괜찮았는데 그 보름에 무슨 일 있겠소.
예. 여보!

창밖의 풍경이 어두워진다.

4장

심가 영감님, 영감님…….

준길 나요?

심가 에헤헤 그럼 또 누가 있겠습니까. 놰놰, 영감님요.
왜 인삼젤리라도 하나 더 드릴까.

준길 (손사래 치며) 그놈의 남조선 인삼향 젤리는 됐고요.
그래 뭐라도 있습니까, 저 밖에?

준길 뭐가 있겠습니까. 밤 아닙니까. 풍경 하나 없습니다.

심가 그래요? 아니 난 영감님이 저어기 바라보며 끔뻑끔뻑 눈물을 맺히시기에, 어디 어미 두고 끌려가는 송아지라도 봤나 했지.

준길 넘들은 나이 먹으면 눈이 빽빽해진다 카던데…… 저는 어째 티눈이 드간 것맹키로 가끔 눈물이 납니다, 허허.
그래 하얼빈은 아직?

심가 다 와 갑니다.

준길 아까도 다 왔다더니?

심가 대륙 아닙니까.
누이동생 기억은 있습니까.

준길 어렸을 적 모습은 선명해요.
볼은 잘 익은 복숭처럼 빨갛고 두 눈은 유난히 짙어 머루 같았지요.

심가 작가 났네. 이 영감님 표현 유려한 거 보소.

준길 참빗으로 머리를 빗어 곱게 머리를 땋아주곤 했었습니다.
잔병치레 심한 것만 빼곤 나무랄 곳 없었지요.

심가 쯧쯧, 자상하기도 하지. 어릴 적 제 오래비는 날랑 줘 패기만 했습죠.

준길 근처로 산작약이 유명했습니다.
한창 꽃망울을 터뜨릴 즈음엔 온 동네 사람들이 모두 산으로 몰려가 꽃모가지를 땄지요.

창밖으로 꽃밭이 펼쳐진다.
소년이 꽃밭에서 꽃모가지를 딴다.
소녀가 노래를 부르며 온다.

소녀 기럭 기럭 기러기 북에서 오고
귀뚤 귀뚤 귀뚜라미 슬피 울건만
서울 가신 오빠는 소식도 없고
나뭇잎만 우수수 떨어집니다

소녀, 소년을 발견한다.

소녀 오라바이 이쁜 꽃모가지는 왜 이리 똑똑 따누?

소년 약이 꽃송이로 다 갈까봐서지.

소녀 그럼 아니 되는가.

소년 작약은 뿌리란다. 세상 어떤 것들은 뿌리가 소중하다지.

소녀 사람은?

소년 음, 사람도 뿌리가 중요하지.

소녀 우리는 뿌리 없이 다리가 있는데.
아, 그래서 이리저리 떠도나. 조선에서 만주로,
언젠가 다시 만주에서 조선으로 갈란가?

소년 오마니가 또 고향 얘기 하던가.

소녀 아바이도 그라던데? 왜놈들 망한다.
곧 망할지 나중 망할진 몰라도 망한다. 언젠가 될지 기필코 망한다. 그네들 싹 물러가면 따신 고향 찾아 우리 가족 다시 간다.
(뛰어간다.)

소년 니 어디 가는데.

소녀 강에 간다, 꽃 띄우러.

준길 노을 지는 저녁나절론 때로 떨어진 꽃을 주워 목단강가에서 배처럼 띄우기도 했지.

소년, 소녀를 업고 꽃을 따라가며 함께 노래 부른다.

소녀 조선에도 작약이 피는가, 오빠는 봤던가?

소년 봤지. 나는 기억나지. 부잣집 이불마냥 화사하지.

소년소녀 뜸북 뜸북 뜸북새 논에서 울고
뻐꾹 뻐꾹 뻐꾹새 숲에서 울제

우리 오빠 말 타고 서울 가시면
비단 구두 사가지고 오신다더니

기차, 정차하는 소리.

심가 하얼빈, 하얼빈. 영감님, 영감님.

준길 그래요? 여기가 하얼빈.

심가 (짐을 챙기며 신이 나.)
노래하자 하르삔 춤추는 하르삔.

준길 그거 노래하자 꽃서울…….

심가 원래가 하르삔입니다. 노래하자 하르삔.
아카시아 숲속으로 꽃마차는 달려간다
하늘은 오렌지색 꾸냥의 귀고리는 한들한들.

준길 여기가 정말 하얼빈은 맞지요?

심가 네, 하얼빈.
안중근 의사가 이또오를 빵, 그 하얼삔 맞습네다.

준길 아, 안중근 의사…….

심가 저 어디쯤인가 표지도 있을 겁니다.
한번 찾아 보시던지요. 1번 플랫폼에.

준길 아이고, 그래요. 참 그런데 안중근 선생님은 유해가 한국에 갔습니까.

심가 갔겠지요? 설마 안 찾아갔겠어요. 제가 뭐 그것까지 알겠습니까. 저는 이만 갑네다.

준길 고맙습니다. …… 날래기도 하지.

학종 옷은 뭐한다고 바리바리 싸 가지고 와서.

준길 우리 입을 옷 아니다. 거기 한국 옷 좋아할 거야.

학종 돈 가져왔으면 됐지. 다 짐 아닙니까. 이런 거 고마워하지도 않아요.

준길 그거 이리 다오.

학종 이거만 가지고 아버지 먼저 내리세요. 바로 따라 갈게요.

준길, 잠깐 플랫폼에서 표지를 찾아 둘러본다.

학종 뭐하세요, 거기서.

준길 아니다.

준길, 대합실로 들어선다.
두리번거리며 여동생을 찾는다.

멀리서 소녀가 손을 흔든다.

두 갈래로 땋은 머리에 검은 눈
떠나올 때와 조금도 변하지 않은 누이동생이다.

준길 백순영이…….

노인도 손을 흔들며 소녀에게 다가가려 한다.
누군가 자신을 붙들어 세운다.

순영 오라바이.

어쩌면 세월과 또 삶과 함께 강팍해졌을 늙은 한 여자가.

순영 백준길 오라바이 아이 맞습니까.
저 백순영입니다.

준길, 가파르게 현실을 직시한다.
그리고 문득 뒤돌아보았을 때 소녀는 이미 없다.

준길 누구시라고요…….

순영, 앞장 서 걷는다.
벌써 노래가 흘러나온다. – 목단강 편지, 이화자.

노래 오빠라고 부릅니다 선생님이 되옵소서
사나이 가는 길에 가시넝쿨 넘고 넘어
난초 피는 만주땅에 흙이 되소서
순영 참, 가라오케도 빌려놨습니다.

또 이미 벌써 색색깔 치마저고리를 입은 늙은 여인들이 나와
그 노래에 맞춰 춤을 춘다.

5장

잔칫상. 여동생의 가족과 마을 주민.

순영, 도착하자마자 마이크를 낚아채듯 건네받아.

순영 2절은 이역만리 먼 길 오신
제 오라버니를 위해 누이동생이 바칩니다.

노래 한 번 읽고 단념하고 두 번 읽고 맹세했소
목단강 건너가며 보내주신 이 사연을
낸들 어이 모르오리 성공하소서

준길에게 고량주를 따라주며, 마시라고.

학종에게도 따라주며 마시라고.

거푸 따라준다.

일동 3절을 함께 부른다.

일동 밤을 새워 읽은 편지 밤을 새워 감사하며
여자의 마음 둘 곳 분접시가 아닌 것을
깊이깊이 깨달아서 울었나이다

노래가 끝나자 모두 박수친다.

순영 다시 한 번 이역만리 먼 길을 달려 와주신
3대 독자 제 오라버니 백준길님에게 박수를.

일동 박수.

순영 또 오라버니의 아들…….
학종 학종입니다, 백학종.
순영 제 조카 백학종에게도 박수를.
그 얼마나 오신다고 수고가 많으셨겠습니까.
정말로, 정말로 고맙습니다, 또 반갑습네다.

휘파람, 박수.

순영 참석하신 내빈 소개에 앞서 답가를 받는 시간을 갖도록 하겠습니다. 오라버니…….
준길 (손사래)
순영 …… 는 연세에 의한 여독이 있으실 테니, 조카님.
학종 예?

순영 답가.

학종 에에이 고모 노래는 무슨, 그냥 술 자십시다.

순영 조카님 여러 내빈들이 기다리십니다.

이분들이 그냥 술이나 축내자고, 여기도 술 먹을 형편 정도는 다 됩니다. 내일 혹은 기상여건에 의해 모레, 두 분이 목적하시는 이장을 도와주실 분들입니다.

학종 아유 다들 고마우신 분들이네. 그런데 고모, 제가 낯도 좀 가리고 노래도…….

순영 그래서 빼갈부터 드린 겁니다.

학종 고모님 제가 긴장을 해선지 아무리 먹어도 말짱합니다, 진짜.

순영 다 됩니다.

우리 한민족이 어떤 민족입니까. 배달의 민족? …… 땡!

네, 음주가무의 민족입니다.

피 속에 이미 술과 노래와 춤이 있단 소립니다. 자, 피를 믿으시고 그럼 저의 조카 백학종이 부릅니다.

영욱 못해도 상관없습네다. 노래 듣고자 하겠습니까, 예의상…….

학종 ……

순영 이미 남한에서 거대한 흥행 조짐을 보이며 일거에 단둥 노래방을 접수한 최신의 명곡, 장윤정의 어머나!

학종 씨, 노래도 우리 동네 금영보다 빨리 들어오네.

이미 반주가 흘러나오고, 이미 마이크는 쥐어졌으며,
이미 환호와 박수는 시작되었다.

이 상황이 꿈인지 생신지 모르겠지만 학종은
노래를 부른다.
에라 모르겠다, 신나게 부른다.
인도영화의 뜬금없음처럼
기묘한 노래와 춤의 시간이 타올랐다가

— 준길이 노래방 기기를 끄면
급격하게 사그라진다.
정적.
준길 조금 머쓱하다.

준길 …… 내 말은, 우리 어머니 그러니까 (학종을 가리키며) 얘 할머니가 나 오면 주라던, 왜 그 뭐냐 생전에 녹음한 테이프.

순영 눼눼, 그런 게 있지요.

준길 할 만큼 했으면, 아니 일단 그거부터 좀 들었으면 하네만.

순영 그럼요, 어련히 아니 듣게 할라고요.

준길 그래. 그래 주겠나.

순영 다만 오라바이… 우리 조선족에게도 나름의 순서와 절차가 있습니다.

준길 아…… 그런 게 있을 수 있지.

순영 내빈 소개하고, 가져오신 선물 푸시고, 테이프 들으시고.
자자, 이제 오라버니께 제대로 인사드리는 시간을 갖겠습니다.
먼저 저의 가족, 막내딸 최영욱입니다.

영욱 외삼촌 많이 기다렸습네다. (큰절을 하며) 최영욱이라고 합니다.

순영 제 남편은 사별한 거 아시지요. 편지로 이미 전했으니 충분히 아실테고.

준길 그래, 그랬지. 참, 어데 최씨던고?

순영 경주 최가입니다.

준길 거기면 양반이지. 잘했네.

순영 아는 사람들은 아시겠지만 첫째와 둘째는 오라버니의 남한으로의 초청장을 하염없이 기다리다 지쳐 눈물을 머금고 선전과 충칭으로 일자릴 찾아 떠나 부득이 참석치 못했음을 주지시키는 바입니다.

준길 ……

순영 다음은 이웃사촌 리금례 여사와 그의 부군 진필호 선생 되겠습니다.

주민 리금례.

주민 진필호입니다. 큰절 받으십시오.

준길 어허, 이 사람들까지 절은 무슨 절…….

순영 받으십시오, 받아도 됩니다.

……그 옛날 아버지가 경상도 금릉에서 북만주로 올 때 함께 왔던 리춘식의 따님이 되시겠습니다. 선친은 저희 아버님과 만주땅 개간을 함께 하셨던 사이로 따님은 파출부, 식당일 그 어떤 일도 가리지 않을 강한 의지를 피력하곤 했었습니다.

학종 아이고 슬쩍 들어도 뭔 줄 알겠네…… 아부지.

준길 응?

주민 아버님 술 한 잔 받으십시오. 내일 이장하는 데 거기 땅이 아주 야뭅니다. 곡괭이질에 허리가 빠지겠지만 뭐 그래도 유골은 온전 안하겠습니까.

학종 아버지 준다고 다 받아 마십니까. 여기 사람들 지금 아버지 한테, 에허.

주민 아드님도 한 잔 받으소.

학종 (밝게) 아 예예…… (입만 대고 내린다).

순영 다음은 김병수, 강미영 부부입니다.

주민 강미영.

주민 김병수입니다. 큰절 받으십시오.

순영 이들 역시 피는 섞이지 않았다 하나 그 옛날부터 한 가족이나 마찬가지로 아버님과 함께 만주땅 개간하실 적부터 궂은 일 설운 일 함께 하였습니다.

순영 다음은 오창록, 오근강 부녀입니다.
이들 역시 피는 섞이지 않았다 하나 그 옛날부터 한 가족이나 마찬가지로 아버님과 함께 만주땅 개간하실 적부터 궂은 일 설은 일 함께…….

준길 그래그래, 거진 소개됐으면 이제 그만 테이프.

순영 인사를 받다 말고 이러십니까. 남한에서는 이게 예웝니까!

준길 난 니 어머니 목소리가…….

순영 진작 오시던지요. 한중수교 되고 몇 년입니까. 왜 이제 와서…….

준길 (그저 주소지 때문에 가지고 온 편지만 만지작)

순영 (남의 빼갈을 빼앗아 한잔 크게 마신다.) 그 편지 뭡니까. 제가 보낸 편지 맞지요. 맞네요. 수십 통도 더 보낸 제 편지네요. (읽는다)

존경하는 오빠 형님께
존경하는 오빠 형님, 조카, 각택 제절은 모두 주주 균결하십니까.
오빠의 서신을 기다려도 서신이 오지 않아 오늘 필을 듭니다. 우리는 어머님을 모시고 몸 건강히 다 잘 지냅니다. 사실 어머님께서는 <밤낮주야 나는 단 한 가지 아들 생각뿐이다. 어찌하여 나는 아들 자보 귀여운 손자 손녀를 못 보는지…… 한가지 소원 아들을 만나보기 위하여 더 군세게 살아야겠다.> 라고 말씀합니다.
한 혈육과 한 핏줄기를 타고난 우리 남매 어머니 앞으로 꼭 상봉할 그날이 있겠지요! 오빠 형님, 홍콩까지 비행기표만 살 수 있는 경제가 허락될 수 있겠는지요. ……

왜요! 왜 이제 왔습니까. 형편이 안 됐다고요. 자식들 교육시키느라. 가난 때문에요. 돈요?
예, 알겠습니다. 하지만 엄마는 이제 없어요.
우리 그리움도 이제 그 그리움이 아니고요.

준길 ……

학종 내 이럴 줄 알았어.
아버지, 이장하고 유골만 수습하면 바로 한국 갑니다.
뒤도 돌아보지 말고 가는 거라고요.
(순영에게)

에헤이 우리 아버지도 오죽하면 그랬겠어요.
내려왔더니 땅이 한 평 있어 뭐가 있어.
머슴 살았어요, 머슴.
한평생 빚에 살다 이제 겨우 숨 좀 쉬는고만.

준길, 거푸 빼갈을 마신다.
녹음기 테이프의 음성이 흘러나온다.
뿌옇게 세상이 흐려진다.

녹음기 사랑하는 준길아.
열세 살 어린 너를 홀로 기차에 보내고 나의 아침은 한숨이고 나의 저녁은 후회였고나. 스스로 자책하고 원망한들 돌아올 리 없지마는 내 온 생은 그러하였다. 그 후회 그 원망을 어찌 다 말하랴. ……행여나 다음 생이 있어 너와 내가 만난다면 너가 부모 되고 내가 자식 되어 지극으로 효도하며 정성으로 봉양하길 마다치 않으리라.

6장

「2004년 11월 7일, 대련의 여관. 홀로 방 안에 박혀 무겁고 쓸쓸한 심사에 젖다. 객창客窓. 아들 학종, 연락두절.」

불 꺼진 방 안이다.
열린 창으로 가로등 불빛이 신문지 크기만큼 들어서 있다.
그 아래에 준길,
홀로 술을 마시고 있다.

준길, 짐가방 앞에 놓인 술잔에 술을 다시 따라 올린다.

준길 김 빠졌을까봐 다시 올려요.
너무 걱정일랑 마십시다. 제가 꼭 데리고 갑니다.
살아생전 살붙이한테야 효도 한번 못했지만 뼈조차 양보

하라고요.
절대요. 천만에요.

준길, 다시 한잔을 마신다.

준길 이거는 순영이가 한국 가져가라고 준 선물인데……
이카다 고마 여기서 내가 다 마시겠네.
목구녕이 화르르합니데이.

저한테는 이 빼갈이 좀 쎄긴 합니다.
저는 금복주가 그냥 그만한데……
우리 경상북도는 금복줍니다.

객쩍쿠로 말이 너무 많지요.
그냥 마음이 좀 그래서 안 캅니까.

비 내리는 소리 적적하다.
준길, '비 내리는 고모령'을 잠깐 흥얼거린다.

준길 그래도 이렇게 같이 있으니까 좋네요.
아부지, 어무이, 저 우리 가족…….

순영이요. 안 그래도 가가 저 원망 많이 합디다.
한국에 초대 해달라꼬 그래 노랠 안 불렀습니까.

아무래도 이번에 가면 무슨 방도를 찾아보긴 해얄 것 같습니다.
그런데 제가 뭐 하나 해내기가 여간 막막하지 않습니다.
이 이장 하나도 십 년 넘어 안 걸렸습니까.

아이고, 참!

사이. 준길, 짐가방을 열어 유골을 싼 무명천 두 개를 꺼낸다.
조심조심 싸맨 매듭을 푼다.

준길 갑갑하셨지요.
잠깐이라도 숨 좀 쉬시소.

다시 술을.

준길 맨드라미 피고 지고 몇 해이던가
장명등이 깜박이는 주막집에서
어이해서 못 잊느냐 망향초 신세
오늘 밤도 불러본다. 어머님의 노래

조심스럽게 유골을 끌어안고 숨죽여 어깨를 들썩이다
잠든다.

어둠 속에서
끼이익 문 여닫히는 소리.

학종 쯧쯧, 문도 안 잠그고.
짱깨 새끼들 무서운 줄 모르고.

학종은 술에 취한 듯하다.
잠시 아버지를 내려다보다 양말을 벗고 아버지 옆에 눕는다.
자려다 다시 상체를 일으켜.

학종 아버지, 아버지도 제가 밉지요.
예, 저도 아버지가 밉습니다.
왠 줄 아세요. 제 인생은 순 아버지 한풀이였거든요.
공부 못한 한으로 저 대학원 보낸 겁니다.
출세 못한 한으로 공무원 시킨 거고요.
그것뿐이게요.
자신이 키 작은 우리 엄마하고 결혼했다고 며느리는 키 큰 여자 아니면 안 된다 얼마나 난리였어요.
자신이 고아처럼 자라 사람을 못 믿으니까 나보고도 사람들 믿지 마라 그랬고요. 그러면서 왜 그렇게 남 눈치는 보세요.
네, 지금은 공무원도 짤렸고요, 뭐 공무원은 평생 하란 법 있습니까.
횡령이라 그러는데 그거 관행이었어요.
키 큰 마누라 좋아하셨지만 저는 결국 이혼했고요.
예, 일단은 위장이혼인데 영 찢어질지 누가 압니까.

제가 굳이 못 온다는 거 결국 데리고 온 것도 남들한테 자식이 효자라 보이고 싶으신 거 아닙니까.

그만 한풀이하시고요, 선산은 또 뭐가 중요합니까.
일단은 먹고 살고 그 다음에 조상도 있고
그러니까 그냥 저 좀 살려 주세요.

아이고 아부지. 아이고, 우리 아부지…….

학종, 쓰러져 잠이 든다.

「새벽에 들어온 아들이 오래 날 내려다보며 말을 하다.」

준길, 살며시 일어나 아들에게 이불을 덮어준다.
파도 소리.

7장

항구의 어딘가.

준길 …… 잘 쪄진 고구마처럼 파근파근하더라니까. 땅을 파보니 그랬어.

밝아온다.

준길 왜 찾았단 선산 말이오. 생각해보면 예전 울 아부지가 고향에 박산이 하나 있다 그랬던 것도 같아. 그래도 찾을 생각이나 했겠어. 그리고 열세 살에 내려와 뭘 알아. 까맣게 잊고 있었지. 듣고 있어요.

심가 네네 딱 봐도 듣고 있네요. 심취해 있는 표정 안 보이세요.

준길 음. 그 표정이 그 표정이었어?

심가 네. 그런데 갑자기 그 땅을 어떻게 찾았을까.

준길 참 그게 드라마요.

학종 드라마는 무슨 드라맙니까. 그리고 미주알고주알 다 말해요, 그런 걸.
그 냥반은 안 와요?

심가 전화해 볼게요. 어, 이 사람이 왜 전활 안 받아. 진동으로 해 놨나.

학종 에이…….

학종, 담배를 피러 가는지 잠시 퇴장.

심가 아드님이…….

준길 ……

심가 좀 싸가지는 없어요, 그죠.

준길 그래도 지 아버지 돕겠다고 중국까지 따라온 놈이요.

심가 눼눼. 그래서 아까 그 드라마는.

준길 응?

심가 에헤이 그 산 찾는 드라마.

준길 뭐 그냥 찾았지.

심가 에이 말해 보십시다. 토질 파근파근한 게 뭐가 드라맙니까. 돈 생기는 게 드라마지.

준길 그게 사원 아파튼지 전원주택단지인지 뭐라뭐라…… 안 팔았어.

심가 왜 아니 파셨습니까!

준길 선산을 파나. 가보니까 펑퍼짐하니 봉분 같은 것도 하나 있고.

심가 얼마 안 쳐주어서 그런 겁네까?

준길 거기는 공산당이 자꾸 돈돈 하나.

심가 우리는 공산당 아닙니다. 중국식 사회주의지. 그리고 공산당은 원래 유물론자입니다. 정신보다 물질, 뭐 이런 소립니다.

준길 …… 아무튼 나는 그런 생각이 들더라고. 아이고 우리 아버지 어무이가 정말로 돌아오고 싶은 갑구나. 암만 생각해도 당신들 스스로 마련한 땅 아니오.

심가 눼눼.

준길 발복할 땅이래요. 지관도 그럽디다.

학종, 다시 등장.

학종 조선왕조는 뭐 묫자리 못 쓰서 쪽바리한테 넘어갔습니까.

준길 조선왕조가 여기서…… 너 이놈 그냥 홀랑 그 땅 팔아먹으면 싶지. 하긴 니 놈 땅값부터 먼저 알아본 놈이긴 하다만.

학종 제가 알아본 게 아니라 그쪽에서 찾아왔다니까요.

준길 아, 그래서 살갑게 술을 처먹고 그랬어.

학종 그거는 알고 보니까 고등학교 동문.

준길 동문은 얼어 죽을.

학종 진짜 제 2년 후배 맞거든요.

심가 어허, 또또…… 부자유친, 부자유친.

황가, 등장.

황가 심순단이!

심가 왜 전활 안 받나?

준길 어서 오십시다.

황가 황가라고 하오.

준길 백준길이오. 여긴 제 아들이고.

황가 먼데서 오셨습네다. 요새 남한은 아이엠에프 잘 벗어나는 듯하더니 카드대란 어쩌고.

학종 우리 많이 기다렸거든요.

황가 기래 뭐이가 문제라고. 빼다구 어쩌고 하던데……. (가방을 보며) 아, 이건가 보오?

준길 제 부모 유골입니다.

황가 자꾸(자크)가 어디 있나…… 허허, 선진국 물건이라 영 손에 익지 않소.

심가 확인해 볼 것까지 있답니까.

황가 필로폰이나 되면 어쩌갔어. ……빼다구 맞네.

심가 그냥 소뼈다구라 그러고 사악.

황가 심여사는 눈이 사시가? 딱 봐도 사람 빼다군데 뭘 사—악이야.
사람 빼라, 사람 빼라…… 오만원!

준길 오만원?

심가 중국돈 오만원, 오만위안.

학종 오만위안요?

준길 그래 한국 돈 얼마냐.

학종 씨, 육백도 넘는 거 같은데.

황가 남한에서 그 돈이 돈이오. 남한 사람들 돈 잘 벌지 않습니까.

학종 한국에서도 큰 돈 맞고요.

황가 아, 이거 가난한 남한 사람은 또 오랜만이오.

학종 산 사람도 오만위안이면 떡을 친다는데
우리도 알아봤어요. 이건 유골 아닙니까.

황가 그래서 오만원 아니오. 빼다구라 각 이만 오천원씩, 오만원.

준길 그 돈을 갑자기 무슨 수로. 자네가 좀 이야기 해보게.

황가 거긴 일 없소. 심여사 봐서 깎아주는 게 그 돈이오.

학종 너무한 거 아닙니까.

황가 뭐가 너무하오. 무슨 사연 있는 뼌 줄 알고.
막말로 누구하나 담그고 내가는 줄 누가 알겠소.

학종 우리가 미쳤다고 중국까지 와서 사람을.

황가 할 거요, 말 거요.
내래 시간 없으니까 결정 나면 연락 주오.
여기 심여사 통하면 될 거요.
아, 선불이오. 돈 받아야 움직인단 소리요.

학종 지금 우리가 돈이 없는데 무슨 선불요?

황가 산사람은 꼬투리라도 잡지, 저거는 협박도 아니 통하는 뼈 아니오. 입 싹 닦으면 사골을 끓여먹을 수도 없고…… 이만 가오.

준길 어허, 그냥 가면 어쩝니까. 이 봅시다. 저기요.

황가 퇴장.

학종 아주 한국 사람만 보면 작정하고, 하여튼 조선족 새끼들…….

심가 흠흠!

준길 5만 위안이면 정확히 얼마쯤 되는가?

심가 보자, 오늘자 환율이……. (계산기를 꺼내 두드린다.)

학종 그걸 왜 계산해요. 정말 그 돈 주고 내간다고요?

준길 계산은 해봐야지.

학종 아, 딴 데 알아 봐요.

준길 딴데 못 알아보다가 이거 남았잖아.

학종 저 인간 완전 우리 호구 치는 거라니까요.
아버지 비행깃값 아낀다고 배 타고 온 사람입니다. 돈이 어딨습니까.

심가 계산하지 말까요?

준길 일단 해 보십시다. 그래 얼마요.

심가 (계산기를 들이민다.) 1위안이 135원이니까.

준길 육백…….

학종 하필 환율도 비쌀 때 중국 와가지고.
말했어요, 저는 반댑니다.

학종, 걸어 나간다.

준길 또 어디 가. 저놈 저…….

심가 오만원 없습니까.

준길 시간 좀 주십시다. 작은 돈도 아니고…….

심가 그럼 천천히 고민해 보시고 연락 주시라요. 제 연락처 아시지요.

준길 너무 송구하고 고맙네.

심가 하찮은 말일랑 마시라요.

심가 퇴장.

준길 그렇지. 아이고, 그래도. 아니다. 일단. (전화를 건다.) 순영이냐. 그래그래 별일 없다. 다름이 아니라 내가 나중에 다시, 그러니까 내가 왜 봉투에…… 빚 갚는 데 잘 썼다고? 아니다. 별말을 다 하는구나. 한국이다. 뭐, 나 아직 중국인 건 어떻게. 누구, 영욱이. 그 아이가 우릴 봤다고? 그 아이가 집에 안 가고 왜 우릴 따라 와?

양꼬치 굽는 연기 차오른다.

8장

노점으로 나와 있는 양꼬치집.

학종 그러니까 심양에서 하는 전국노래자랑에 왜 다롄 영사가 처 가 있냔 말입니다. 중국 놀러왔어요. 송해 광팬입니까. 재중교포 큰 축제고 나발이고…… 독립운동요? 독립운동 안 했습니다. 그냥 농사짓고 살았습니다. 생판 부지 땅에 와서…… 아니 안중근이 밥 먹고 갔을지도 모르잖아요. 안중근 1910년에 죽었다고요. 뭐 그럼 다른 사람, 아 이름없는 독립운동가 한 둘입니까. 나도 미치겠어요. 좀 도와줍시다. 에이, 또 중국법…… 여보세요, 여보세요. 야! 에이 씨발놈아!

사이.

학종 아이고, 아부지. 아이고 우리 아부지 백준길씨….

영욱 네?

학종 아냐아냐. 먹어먹어. 본고장이 다르긴 달라. 내가 원래 누린 거 입에도 안 대거든. 그런데 여기선 먹어. 신기하지. 어이, 친척동생 안 그래?

영욱 ……

학종 관심이 없구만. 참, 이게 원래는 저어기 저 어디더라 아, 심양! 심양이 유명하다던데.

영욱 아, 센양. 네, 센양 양꼬치 유명합네다.

학종 그래그래. 거기가 원래 만주족 수도잖아.
옛날에 우리 소현세자 볼모로 갔던, 소현세자 알지?

영욱 누루하치는 압니다. ……강희제도.

학종 이거 봐, 이거 봐. 우리가 사촌이고 피를 나눈 지간이지만 진짜 민족이 다른 거야. 배우는 역사가 다르잖아. 그럼 끝난 거지. 쫑. 끝. 땡.

영욱 민족은 같지요. 국가는 다른 거 인정하지만.

학종 민족이 국가고 국가가 민족…… 민족도 뭐 조선족 한민족. 딱 들어도 다른데. 안 달라?

영욱 네, 다르다고 치세요.

학종 아유, 이제야 인정하네. 너 인정했다. 우린 다르다.
아까 그 소현세자 말이야 어떻게 죽었는 줄 알아?

영욱 (심드렁하다.)

학종 지 아버지한테서 벼루를, 여기 마빡에 정통으로 맞아
죽었어.
지 며느리는 독살시키고, 왜?

영욱 ……

학종 꼰대라서, 늙으면 꼰대 되거든. 의심 많고 고집 많고 봐봐 우리 아버지같이, 안 그래?

영욱 제가 외삼촌에 대해 뭘 알겠습네까.

학종 에이 아는 눈친데.

영욱 좀 무정한 거는 같습니다.

학종 우리 아버지 무정하지! 거 봐, 잘 아네.
사람 다 똑같다니까. 그럼 사람 딱 보면 알지.

영욱 편지를 수십 통을 더 썼습니다. 초청장 좀 구해주십사, 고저 초청만 해주시면.

학종 남한이 무슨 가나안처럼 약속의 땅이 아니라니까.
도리어 우리는 중국 못 가서 안달인데.
우리는 여길 기회의 땅이라 그래.
상해로 가. 진짜야, 십년만 지나봐라 중국이 한국 잡아먹지.

영욱 ……

학종 다른 이야기 합시다. 친척끼리 정다운 이야기도 있고.

영욱 편지를 수십 통도 더 썼습니다. 초청장 좀 구해 주십사.

학종 에헤이 참…… 초청장 그거 친척이니까 초정해 주십쇼, 막 그런 거 아니라니까. 거기도 서류가 있고, 행정절차가 있고…… 그거 보증이나 마찬가지라고. 보증이 쉽나. 부모자식도 쉽지 않지. 보증 섰다 돈 떼이는 거나 초대했더니 잠적하는 거나…….

준길, 등장.

준길 학종아!

학종 깜짝이야.

준길 너 한국 가라. 내일 아침에라도 당장.

학종 아버지는요?

준길 너 먼저 가. 돈 때문에 보내는 거야.

학종 그러니까 아버지는요.

준길 나는 남아 있어야 이걸 가져갈 거 아니냐.

학종 같이 가요.

준길 응, 너 먼저 가.

학종 아버지…….

준길 뭐 하나 째깍 해 주는 게 없어, 어째.

학종 알겠어요, 가서 어떡하면 됩니까.

준길 내 걱정은 말고. 니 어무이 아다시피 한글도 제대로 못 뗐다.
그러니까 우체국서 소포 하나 제대로…….

학종 예예.

준길 어차피 이장 준비도 누가 해도 해야는 거고, 포클레인 불러다 길 좀 내고, 떼도 마련해 놓고, 황금시장 쪽에 일신중기라고 우리 일가더라.

학종 예예. 통장이나 주세요.

준길 …… 비밀번호는 전화번호다.

학종 뒷자리요? 인감은요.

준길 통장에 비밀번호면 되지.

학종 주세요. 혹시 모르니까. 일 생길지 압니까.

준길 집에 있다. 그걸 왜 갖고 다녀.

학종 엄마한테 물어보면 돼요?

준길 니 엄마도 몰라. 정 필요하면 나한테 연락해라. 그거 필요할 일 없다.

터미널 가서 배편 알아 봐. 예약해야지.

학종 예예.

준길 가. 얼런.

학종 갑니다, 가요.

참, 영욱 사촌 가이드 좀 해줍시다.

준길, 두 사람이 사라져가는 모습을 바라
보다 잠시 벤치에 앉는다.
바다를 본다.

어두워진다.

9장

「학종, 한국 귀환. 홀로 따렌에 남다 —」

멀리로 기선이 운다. 다시 부두.
준길이 마치 밤을 새운 듯 벤치에 있다.

영욱 들어온다.

준길 너 왔더나. 영, 영…….
영욱 영욱입니다.
준길 그래 영욱이었지.
영욱 관심 좀 가지십시오.
(맥주를 하나 건넨다.) 빈속에 괜찮겠습니까.
준길 안 잊고 사왔네. 그래 밥은 먹었더나.

영욱 면 한 그릇 했습니다. 정말 식사 안 하셔도 되겠습니까.
내도록 바다 보고 있었습니까. 뭐 볼 거나 있습니까.

준길 왜, 시퍼러이 안 좋냐. 가슴도 션하고.

영욱 암만 봐도 누리끼리한데요.

준길 ……

영욱 외삼촌이 고생입니다.

준길 이거 고생 아니다.
밥 먹고 숨 쉬는 거처럼, 별거 아닌 거다.

영욱 ……

준길 연락이 없어. 인천에 도착해도 벌써 도착했을 건데.
은행 가서 돈부터 부치라니까 차암…….

영욱 여기는 다 화장합니다. 한족 부자들 빼고요.
공자, 주자, 풍수 다 우리 중국 껀데 우리는 그렇습니다.

준길 ……

영욱 고모부!

준길 응.

영욱 5만 위안이면…….

준길 ……

영욱 유골 아닙니까.
저는 산 사람입니다. 오만원이면 저도 갑니다.

준길 너그 할부지 할무니 아니냐.

영욱 두만강 넘어오는 북한 처녀들 얼만 줄 압니까.
스물 하나, 스물 둘 그 처녀들…… 2천원 3천원입니다.
3천원에 한족 시골 늙은이들한테 인신매매 갑니다.

준길 ……

영욱 거기는 나보다도 처지가 딱해 3천원 인생이지만

여기 있으면 기껏 한평생 오만원짜리 인생밖에 더 되겠습니까.

외삼촌 남한 가면 일년에도 이십만위안, 삼십만위안 수이 모은다 들었습니다. 십년이면 이백만원, 삼백만원…… 제 한평생 모을 돈 아니 한 평생이 뭡니까.

준길 우째 그래 다들 돈 이야기고!

영욱 이게 무슨 돈 이야깁니까!

이건 돈 이야기가 아니라, 그러니까 외삼촌 이건…….

준길 …… 그래, 그럼 무슨 이야기고?

영욱 이건, 이건…….

그래요! 돈 이야기라고 칩시다. 네, 돈 이야기 맞습니다.

외삼촌 제가 갈게요. 저 보내 주세요.

준길 니 할부지 할무니는?

영욱 화장하시면 되죠. 정식으로 배 타도 들킬 일 없고…….

준길 너가 오만위안으로 밀항선을 탄다? (고개를 젓는다.) 초청장 써줄게. 너 초청장 써준다고.

영욱 어느 천년을 또 기다립니까. 그리고 외삼촌을 뭐 믿고 기다립니까.

몇 년째 몇 통의 편지를 보냈습니까.

준길 이번에는 그렇지 않아. 내 진짜…….

영욱 외삼촌!

정말 사람이 어째 그럽니까.

외삼촌 중국 와서 우리가 잔치를 안 열어줬습니까, 이장을 발 벗고 안 도와줬습니까. 마을 사람들 달래가면서 땅 파고 관 꺼내고 유골 건져냈습니다. 그런데 외삼촌 원하는 바만 쏘옥 빼가고……

남들 잡고 물어 보십시오. 외삼촌 이상한 사람입니다. 사람이 이래 무정합니까, 예!

긴 사이.
두 사람은 각자의 독백처럼.

영욱 때깔 나게 독립운동이라도 하던지. 그럼 외삼촌도 독립유공자로 돈도 받고, 나도 초청장도 쉽게 받고…… 미쳤다고 만주까지 와서.

준길 성씨마저 바꾸라니 더는 못 버틴 거다. 그것마저 잃으면 허깨비나 되는 것처럼…… 마침 왜놈들이 그런 소문을 지어냈지. 만주만 가면 가도가도 임자 없는 너른 벌에 토지는 또 얼마나 비옥한지 감자가 수박만 하다고.

영욱 귀는 얇아 가지고, 씨…….

준길 아주 믿진 않았지만 그래도 묵은 습지 정도야 개간하면 내 땅이 될 줄 알았던 게지. 그런데 죽자고 개간하면 어김없이 한족, 만주족이 자기 땅이라며 나타났거든. ……서러우니 더욱 사무칠 밖에.

영욱 안중근 유해도 못 갔습니다. 뭐가 그렇게 대단합니까.

준길 영욱아.

영욱 네. ……말씀하세요.

준길 묻어 드리자. 온전히 고향 선산에.

영욱 마음대로 하세요. 어차피 그럴 생각이잖아요.

준길 그래 고맙구나. 틀림없이 좋아할 거다.

영욱 그런데…… 선산 얼마만 합니까. 외가는 재산분배 같은 거 못 받습니까. 할머니 모신 거는 우리 엄마고. 시세는 좀 되나 몰라.

준길 (도리어 귀여워서 피식 웃는다.) 너가 지조는 있다.
그래도 영욱아 모든 걸 다 돈으로 환산하고 나누면 뭐가 남을까 싶구나. 겨우 솥 하나 이고 그 민 나향 갈 형편에도 남겨놓은 땅이다.
너도 알겠고 학종이도 알겠고, 형편.
그래도 우리들 형편이 설마 그때 보다야 못하겠냐.

영욱 숙소에 먼저 가 있겠습니다. 외삼촌도 그만 들어오세요.
몸 상합니다, 바닷바람.

영욱, 퇴장.

준길 이명처럼 귓가로 기차 소리가 들립니다. 요즘 와선 부쩍 크게 들리지요. 오늘은 오겠지, 오늘은 오겠지. 언제 적인지 모를 그 마음도 다시 부쩍 떠오르고요. 동산 언덕에서 꼴을 뜯다가도 기차 소리에 절로 고개가 돌아가던 시절도 아마 있었지요. 저 기차로는 오시지 않았을까, 저 기차로는 오셨지 않았을까. 내가 마중 올까봐 날 기다려 역 앞에 서성이고나 있지 않을까, 하며 조바심 내던…….

소년이 뛰어 들어와 아득히 서성인다.
황량한 공터로 누런 마분지 하나가 바람에 떠오른다.

준길 저는 텅 빈 공터를 봅니다. 때로 바람에, 아무렇게나 버려진 누런 마분지 하나가 공중으로 솟구칩니다.

현기증처럼 핑그르르 혼자 춤을 춥니다.

소년이 마분지를 바라보며 빙글빙글 맴을 돈다.

10장

여관방.

심가 무슨 소리오, 그게. 내래 이해가 아니 되오.

영욱 배에 내가 타겠단 소리요. 저 짐가방 들고.

심가 결국 색시가 밀항하겠단 소리 아닙네까.

영욱 누구라도 짐가방 하나쯤은 있을 거 아니요.

심가 영감님도 아시오, 댁 외삼촌 말이오?

영욱 외삼촌은 내가 가지고 타서 믿음직하다…….

심가 바로 전화해 보오?

영욱 어어! 사정 좀 봐 주십시다. 같은 동포 아니오.

심가 동포 아닌 사람 누가 있소. 오고가고 만나는 사람 죄 동포요.

영욱 (2천 위안을 주며) 아주마이 이렇게 부탁합니다.

심가 아, 이러면 아니 되는데…….

준길, 들어온다.

심가 그래 송금은 어떻게 됐답니까.

준길 이제야 은행엘 간답디다. 밀물이라 배가 연착을 했다나.
참말인지 거짓말인지 그놈 말은 당췌 믿을 수가 있어야지.

심가 여객선이 그래요, 물때 못 맞추면 몇 시간도 늦고 합네다.

준길 그 큰 여객선이 그럴까.

심가 에헤이 자식을 이렇게 못 믿습니다. 한 삼십분 후면 되겠지요, 돈.

준길 돈을 찾고 나선…….

심가 황사장이랑 아까 통화 됐잖습네까. 일단 저한테 주라고. 장소하고 시간은 그 이후에 알려 드릴게요.

준길 그렇긴 한데, 그게…….

심가 오마나, 설마 절랑 의심하십네까.

준길 그렇다기보다, 옳게 실리는지도 확인 안하고, 다 믿지만 그래도 혹시.

심가 그래서 같이 움직이신다고요, 아이고…….
영감님이 잘 모르시나본데 배 나갈 직전엔 엄청 각별해야 합네다.
여기 공안들이 눈치가 얼만데 외지인이 신새벽부터 부둣가로 알짱알짱…….

영욱 제가 이 아주마이랑 같이 하면 되지 않겠습니까.
저는 외지인도 아니고 크게 상관없지 않겠습니까.

심가 음…….

준길 아, 영욱아 네가 그래 주겠나?

영욱 예, 제가 그러겠습니다.

심가 이제 안심이 되오? 에헤이, 저는 약간 실망입네다. 저는 고저 동포로서 선의로…….

준길 저 짐가방이 나한테는…….

심가 눼눼, 됐습네다. 돈이나 확인해 보러 갑시다.

준길 아직 안 왔을 거야. 그 놈이 원체…….

심가 눼눼, 안 들어왔으면 상쾌한 은행에서 좀 기다리죠. 갑시다.

모두 퇴장.

11장

「새벽, 불안한 심정으로 유골을 보내다. 조카 영욱 함께하다.」

준길, 방 안을 서성인다.

창밖을 본다. 희부연 서서히 밝아온다.

12장

바닷가 야적장.

황가 심순단이!

심가 아이고 깜짝이야. 남들 듣는 데서 자꾸 이름 부른다. 나도 황사장 이름 확 까볼까요.

황가 고정해라 간 작은 거는 변할 생각이 없구나야. 그러다 평생 보따리상 한다.

심가 황사장은 간이 크니 평생 밀항이나 하시겠소.

황가 알았다, 내 졌다. 그래 이 색시인가 보오?

심가 여기가 황사장.

영욱 (꾸벅 인사한다.)

심가 아무쪼록 조심해서 가시구랴. 잠시 잠깐에도 정든다고…… 괜히 짠하고만.

영욱 고맙습니다.

심가 이런 말 어떨지 잘 모르겠지만, 아가씨 모습이 언젠가 나랑 판박이요.

영욱 ……

심가 해서 작별의 인사 대신 내 한마디 하오.
영 죽을 것 같아도 살아지오. 이상이오. 더 할 말 없소.

영욱 (가는 심가에게 다시 인사한다.)

황가 뒤통수에 예의 차릴 시간 없소. 바쁘오.

배로 밀입국자들이 순서대로 오르고 있다.
영욱이 오르려는 때.

황가 스답, 스답.

영욱 예?

황가 잠깐 니 가방 좀 보자.

영욱 가방은 왜요. 다른 사람들한테는 아무도 보자고 안 해 놓고.

황가 화를 내실까. 가방 좀 확인하는 게 그래 화 낼 일이가.

영욱 (가방을 꽉 쥔다.)

황가 힘내기하는 거가. 어허, 그냥 잠깐이면 된다. 힘 풀라.
이 아 보소? 좀 보자니까.
(완력으로 빼앗아 열어본다.)
아이고, 놀래라. 이게 뭐이라. 돼지 뼉다구는 아니고…….

영욱 내가 내 짐 가방에 뭘 넣어 가던 무슨 상관이오.

황가 허허 색시가 패기는 훌륭하오마는 이거는 사람 인골 아이오.

영욱 그래서 뭐요?

황가 지금 무슨 상관이냐 이런 배짱이오. 계산이 그렇지 않지.
밀항도 밀항이지마는 단속이라도 걸리면 이거는 우리 죄가
추가된단 말이오. 내 말이 틀렸으면 말해 보오. 아니 그렇소?

영욱 꼭 가지고 타야 한다면 어떡하겠소.

황가 방법이야 아주 없진 않지.
보자, 대가리가 두 개니까 이만 오천원씩 오만원.

영욱 제가 지금 오만위안이 어디 있겠습니까.

황가 그럼 저건 버리고 타시면 되겠네.
싫으시오. 그럼 저걸 태우고 당신이 남던지.
바람 부네. 에이, 하필 오늘…….

어허, 시간 없소. 선택하오.

호루라기 소리. 발자국 소리.

황가 공안 아니야? 안 갈 거면 먼저 가오!

영욱 아닙니다. 이보시라요!

영욱, 짐가방을 버리고.

13장

「……영욱, 연락두절. 불길한 심사에 객잔客棧만 서성이다.」

여관 차창으로 거세게 바람이 들이닥친다.

준길 이 아이가 소식이 없어. 와도 벌써 왔을 시간인데…….

준길, 밖으로.

14장

영욱, 휘청거리며 걸어 나온다.
다리가 풀려 주저앉아 몇 번 헛구역질.

중국아낙 등장.

영욱 아주마이
중국아낙 ……
영욱 아주마이 놀라지 마시라오. 저 나쁜 사람 아닙니다.
중국아낙 (뒷걸음질)
영욱 도망가지 마시라오. 한 가지만 물읍시다.
여기가 남한 어딥니까. 아니 한국 어딥니까.
그러니까 전라도 군산 맞습니까.

중국아낙 (중국말) 귀신인지 사람인지 다가오지 마오.
더 다가오면 소리 지르오.

영욱 ……

15장

부두의 한편.
청소부가 가방을 발견하고 다가간다. 열어보려 한다.
마침 준길이 당도한다.

준길 아이고 저게 왜 저기 있어. 분명 내 가방인데. 아이고. 그거 내 가방이오. 이거 내 가방. 내 거란 말이오. 놔요. 놔. 내 거. 노터치.

청소부 (중국말) 뭐야 이 노인네가 미쳤나. 당신 뭐야. 어허, 이 늙은 이가.

준길 이거 내 가방 맞아요. 내, 가, 방.

청소부 어느 나라 말이야. 돈이라도 들었어. 야 노인장 니가 이러니까 더 못 주겠잖아. 내가 궁금해서라도 못 준다. 안 줘.

준길의 반응 때문에 청소부는 더욱 놓지 않는다.

준길 이놈아 좀 놓으라고. 놔. 놓으라고.

청소부 백프로 돈 맞네. 확실하네.

준길 야 이 개새끼야! 이건 그냥 내 아버지 내 어머니라고!

준길에게서 믿지 못할 완력이 나온다.

짐가방이 뜯어지며 뼈들이 흐트러진다.

청소부 씨발 뭐야 재수 없게. 퉤.

준길 아이고 아버지 어머니 뼈가 이리저리 다 섞였네.

야, 이 씨발놈아.

슬금슬금 뒷걸음치다 청소부 달아난다.

흩어진 뼈들을 모아 그 자리에서 급하게 맞추어 본다.

황망한 와중에도 그 자리에 계속 있어선 안 되겠다는 생각이 든다.

한 보자기에 두 유골을 급하게 모은다.

핸드폰 벨소리.

준길 학종이냐. 아이고, 학종아 여기 난리 났다.

아버지 어머니 유골이 이리저리 다 섞이고……

내가 아무래도 사기를 당한 거 같아.

그놈들을 어떻게 잡지.

이걸 어째, 이걸.

너는 그게 무순 소리고. 우리가 무슨 땅.
그게 무슨 땅이야, 선산이지.
평당 몇 배가 올랐다고?

왜 니놈이 그놈보다 더 안달복달이야.
니 할아버지 할머니만 묻혀? 곧 나도 죽고 니 에미도 죽고.
학종아 죽어서라도 니 할아버지 할머니랑……

뭐. 니 이놈으 시끼 혹시라도. 학종아, 학종아

전화가 끊긴다.

준길 왜 혼자 보냈습니까.
한 번 어긋나니 이렇게 영 맞출 도리가 없는 것을…….

일단의 무리들.
연신 줄담배를 쟁여 태우는 사내.
아이가 운다.

아낙 아직도 결정을 못했습니까. 왜 결정을 못합니까.
사내 가자. …… 일단 돌아가자.

무리들 일어서 돌아선다.
사내, 문득 소년을 보고.

사내 준길아 너가 올이 몇이더냐.

소년 열셋입니다.

사내 열셋이면 어른은 못 돼도 청년은 된다. 네 생각은 어떠냐.

소년 청년은 아니지만 애도 아닙니다.

사내 그래 그만하면 됐다. 너는 가거라.

아낙 혼자 어딜 보낸다 말이오?

사내 (쪽지에 주소를 하나 적어준다.)
이거는 주소다. 여기로 잠시 가 의탁하거라.
잘해 줄 거다. 친척이다.

아낙 저 아이 삼대독자요. 무슨 친척이 있단 말이오.

사내 먼 친척도 친척이다.
잠시만 맡아주시면 곧 따라 내려가서 사례한다, 전하거라.

아낙 수천리 길이요.

사내 자네는 아무 말 말게.
노선에 몸만 실으면 된다.
천자문은 뗐으니 설마 길이야 잃을까.

소년 어머니…….

사내 기차 늦겠다. 가래도.

소년 정말 곧 내려오지요?

사내 내려간다. 겨우 두어 달이다.

소년 정말이지요.
영 늦어도 세 달이면 꼭 오시오.

소년, 역 안으로 뛰어간다.

준길 차라리 다짐이나 하지 말지.
내려온다는 약속이나 없었으면 기다리는 배신감이나 없지.

소년이 다시 나온다.
쪼그려 기다리다 일어선다.

준길 기차가 올 때마다 역 앞으로 갔지요.
하루 이틀 사흘…… 삼년을 꼬박 기다리다 다짐 했지요.

준길 아버지 언제 오는데요.
왜 이번 기차에도 안 내리는데요.
어머니, 아버지 빨리 내려오라 하십시다.
어머니 아버지 순영아, 니는 잘 있나?

준길 다시는 기다리지 않겠다.
아무리 기차가 지나가도 허리를 들어 다신 바라보지 않겠다.
아무리 기차가 정차해도 뛰어 마중 나가지 않겠다.

나는 부모가 없다. 나는 형제가 없다. 나는 가족이 없다.
나는 고아다. 나는 애초부터 혼자였다.

다시는 누군가를 그리워하지 않겠다.
그리고 다시는 실망하지 않겠다.

소년, 조약돌 하나를 멀리로 집어 던지고 나간다.

16장

「……종일 여관에서 뼈를 맞추다.」

어둠 속에 준길이 있다.

영욱이 들어온다.

준길 영욱아, 이놈아 어찌 된 게야!

영욱 면목이 없습네다.

준길 면목이고 뭐고…… 그래 너는 꼴이 왜 그래.

영욱 심가란 아주마이 찾으러 다녔습니다. 황가란 놈 하고…….

준길 그 아주마이를 왜 찾아?

영욱 실은 외삼촌 몰래 제가 밀항하려 했습니다. 죄송합니다. 그래도 유골은 가지고 가려 했습네다. 그냥 내 짐가방인

양…….

그런데 황가란 놈이 갑자기 가방을 뒤지더니 양자택일을 하라지 않습니까. 니가 탈 건지, 가방을 실을 건지.

준길 그런데?

왜 가방도 버려져 있더구만.

영욱 (고개를 저으며) 제가 순진했습니다.

외삼촌 오만위안 어떡합니까. 그 연놈들 종적도 없습니다.

준길 …… 더 큰일 안 당한 게 어디냐.

그래도 유골은 찾았으니까…….

영욱 면목이 없습니다.

준길 저녁은? (돈을 조금 주며) 밥이라도 먹고 오게.

영욱 제가 무슨 낯짝으로 밥을 먹습니까.

준길 다녀와, 괜찮아.

영욱 아닙니다. 제가 무슨 면목으로 밥을 처먹습니까.

(영욱은 어쩌면 크게 운다.)

저는 이제 세상 면목이 없습니다.

그래도 외삼촌 제가 저 하나 잘 살자 한국 가려는 게 아니었습니다.

한평생 고생하신 우리 엄마 돈 벌어 효도하고, 외삼촌한테 용돈도 드리고…… 내가 그러려고 진짜 그러려고…….

아이고, 하지만 이것이 면목이 있단 소린 아닙니다.

저는 염치없는 년입니다. 제가 죽일 년입니다.

전화벨.

준길 학종이냐. 누구라고 학종 어미. 뭐한다고 전화야. 국제전화 얼마나 비싼지 몰라, 받는 거 거는 거. 이 비명소리는 뭐야. 뭐? 학종이 이놈이 배에 뭐를 댔다고. 소주병을 깨서 뭐. 그 놈이 미쳤나. 왜 지 에미 앞에서 지랄이야. 죽을 거면 곱게 나가 죽으라고 해. 그놈 도대체 왜 그런대? 인감. 절대 내 주지 말어. 내가 당장 돌아갈 거니까. 마누라. 학종아, 학종아.

준길, 어쩔 줄 몰라 한다.

준길 이놈이 이 호로자석이. 이 미친놈이. 가야 된다. 이놈으 새끼 지 엄마 있을 동안 무슨 짓을 할지. 이놈이 정말 개의 자식이다. 이놈이, 이놈이…….

17장

「따렌의 외진 공터. 경유를 부어 유골을 태우다. 마지막 날.」

준길, 술잔을 올리고 영욱이 술을 따른다. 절을 한다.

준길 아버지 어머니 용서하시소.

영욱 죄송해요, 외삼촌. 이래저래 알아봤는데 다 불법이라고 화장장도 못 가고 이런 데서.

준길 아니다. 니가 무얼…….
그리고 영욱아, 내 그 약속은 꼬옥 지킬게.

영욱 (천천히 고개를 끄덕인다.)

영욱, 뼈에 경유를 몇 통이나 붓는다.
소년이 그 모습을 본다.

불이 타오른다.

잠시, 소년이 그 속으로 들어간다.
타고 올라간 검불이 진눈개비처럼 내린다.
붉게 타오르다 하얗게 식어간다.

준길 어쩌겠습니까.
살이야 언감생심 뼈조차 끝내 돌아갈 팔자는 못 됐나 봅니다.

검불만 진눈개비처럼 내리네요.

준길, 손바닥으로 검불을 맞는다.
기차 소리.

18장

「뼈를 묻다. 고국에서 첫째 날.」

준길, 유골함을 안고 선산에.
선산은 이미 포클레인으로 시뻘겋게 뒤집혀져 있다.
학종이 이미 선산을 팔아먹은 후인 탓이다.

준길이 유골함을 안고 그 안으로 위태롭게 걸어간다.

학종 아버지 공사 중인 거 안 보이십니까. 위험하다고요.

준길 ……

학종 유골은 왜 가지고 왔습니까, 납골당…….
어어? 그렇게 가까이 가면 사고 난다니까요, 아부지.

사이.

준길 보자기를 풀고 유골을 바람에 흩날린다.

준길 아버지 어머니 고향에 왔습니다.
여기 우리 아버지 어머니 뼈를 묻습니다. 복, 복, 복.

준길은 굳이 유골을 뼈라 말하며 흩날린다.

파 뒤집혀진 붉은 흙들은 마치 산작약꽃밭 같다.
그리고 문득 붉은 산작약꽃이 핀다.

흰옷을 입은 사람들이 꽃밭으로 나와 모가지를 똑똑 딴다.
꽃 모가지 떨어진 자리마다 붉은 꽃이 쌓인다.

멀리 기차는 지나가고.

준길 멀리 기차는 지나가고.
소년과 소녀 꽃 모가지를 따야 뿌리가 익는다고, 똑똑…….

꽃 모가지를 따며 흰옷을 입은 사람들이 노래를
부르기도 하고,
또 꽃처럼 벙글어지게 웃기도 하고
또 문득 기차가 기적을 울리고
그렇게 기차는 오고, 기차는 가고.

뼈의 기행 | 백하룡

뼈의 기행 국립극단 희곡선2

지은이 | 백하룡

2019년 5월 24일 1판 1쇄 펴냄

기획 재단법인 국립극단
예술감독 이성열

진행 정명주 지영림

주소 서울시 용산구 청파로 373

웹사이트 www.ntck.or.kr

전화 02 3279 2280

펴낸곳 걷는사람

펴낸이 김성규

편집 김은경 이계섭

디자인 진다솜 김동선

주소 서울 마포구 월드컵로16길 51 서교자이빌 304호

전화 02 323 2602

팩스 02 323 2603

등록 2016년 11월 18일 제25100-2016-000083호

ISBN 979-11-89128-37-1 [04810]

ISBN 979-11-89128-36-4 [04810] (세트)

* 이 책의 국립중앙도서관 출판시도서목록(CIP)은 서지정보유통지원시스템 홈페이지(http://www.seoji.nl.go.kr)와 국가자료공동목록시스템(http://www.nl.go.kr/kolisnet)에서 이용할 수 있습니다. (CIP제어번호:CIP2019018924)

국립극단
걷는사람